Stella Maris Rezende

A mágica história de um livro encontrado

Ilustrações **Sid Meireles**

© 2022 Elo Editora
© Stella Maris Rezende
© ilustrações Sid Meireles

Texto fixado conforme o Acordo Ortográfico da Língua Portuguesa de 1990.
(Decreto Legislativo nº 54, de 1995.)

Todos os direitos reservados. Nenhuma parte desta obra pode ser reproduzida ou transmitida por qualquer meio (eletrônico ou mecânico, incluindo fotocópia e gravação), ou arquivada em qualquer sistema ou banco de dados, sem permissão da Elo Editora.

Publisher: **Marcos Araújo**
Gerente editorial: **Cecilia Bassarani**
Editoras-assistentes: **Helô Beraldo** e **Mariana Cardoso**
Editora de arte: **Susana Leal**
Designers: **Giovanna Romera** e **Kathrein Santos**
Preparação: **Richard Sanches**
Revisão: **Elisa Martins**
Projeto gráfico: **Susana Leal**

Dados Internacionais de Catalogação na Publicação (CIP)
(Câmara Brasileira do Livro, SP, Brasil)

    Rezende, Stella Maris
       A mágica história de um livro encontrado / Stella Maris Rezende ; ilustrações Sid Meireles. -- São Paulo : Elo Editora, 2022.

    ISBN 978-65-89945-77-2

      1. Literatura infantojuvenil I. Meireles, Sid. II. Título.

22-132625   CDD-028.5

Índices para catálogo sistemático:
    1. Literatura infantil 028.5
    2. Literatura infantojuvenil 028.5

Cibele Maria Dias – Bibliotecária – CRB-8/9427

Elo Editora Ltda.
Rua Laguna, 404
04728-001 – São Paulo (SP) – Brasil
Telefone: (11) 4858-6606
www.eloeditora.com.br

eloeditora   eloeditora   eloeditora

Para a minha irmã Regina

Melhor coisa das sete vidas é arranhar a poltrona da biblioteca. Mas sempre aparece alguém que me manda embora. E patas para que te quero! Corro pensando em Aventurina e Aventurança, minhas preferidas na casa do alpendre formoso.

Em dias de visita, elas sentem muita inveja, e eu vou contar o porquê.

Mas, antes, preciso dizer que Aventurina gosta de saia e blusa combinantes e que Aventurança prefere vestidos floridos.

A filha da Aventurina e o filho da Aventurança, que aparecem uma vez por ano, sempre na antevéspera do Natal, certamente ficaram aliviados quando souberam que as duas velhas tinham fugido.

Agora, elas moravam num longe que eles nem podiam imaginar.

Foi Aventurança quem deu o primeiro passo:

— A gente vai para uma casinha abandonada.

— Que casinha é essa?

— Fica onde o Judas perdeu as botas.

Viajaram a pé durante dias e noites, passaram por ventanias e tempestades, atravessaram as brenhas da tristeza, caíram em buracos do pavor, mas sobreviveram, e um dia chegaram a um casebre abandonado. Não tinha água nem comida, só as botas do Judas.

No caso de Aventurina e Aventurança, era até combinante passarem os últimos dias de vida no longe de uma choupana esquecida.

Nesse longe, Aventurina mastigava saudade da filha, da neta e do bisneto. Aventurança engolia saudade do filho, do neto e da bisneta.

Teve um momento em que as duas conversaram bem assim:

— Já basta, Aventurança.

— Está bem, Aventurina.

— Cansei de imaginar a gente em um lugar esquisito com as botas do Judas entupidas de aranhas venenosas.

— A gente sem poder tomar banho ia ser uma fedorenta falta de sorte.

— Sem água e sem comida, ô dó!

— Voltemos para a casa do alpendre cercado de rosas vermelhas e lembremos que somos duas velhas que davam muita velhice trabalhosa para a família.

— Daí a sua família e a minha família trouxeram a gente para esta boa casa. Aqui nós temos pequenas alegrias.

— Eu faço tricô com a lã entremeada na saudade da minha bisneta, do meu neto e do meu filho. Você faz crochê com a linha trançada na saudade do seu bisneto, da sua neta e da sua filha.

— Tem hora que a gente se esquece deles!

— Tem hora que a gente se vinga deles.

— A começar pelos nossos novos nomes.

— De Constança, virei Aventurança!

— De Marina, virei Aventurina!

Divertida essa invenção de Aventurina e Aventurança. Ou de Marina Aventurina e de Constança Aventurança. Arranho e lambo essa mania delas de dizerem estas coisas:

— A imaginação se chama dona Imaginilda!
— Para mim, é dona Imaginura.
— Madame Imaginália...
— Rainha Imaginosa!
— Princesa Imaginaura.
— Fada Imaginalda!
— Menina Imagininha...
— Bruxa Imaginona.

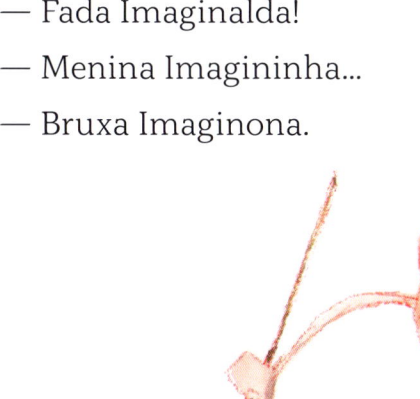

Elas espalham a aventuração e isso revira a rotina da casa do alpendre formoso. Até eu me sinto aventureiro. Aos poucos, outras velhas e outros velhos danam a se aventurar também.

Gertrudes vira Aventrudes. Anselmo, Aventurelmo. Sebastião, Aventurião. Carminha, Aventurinha. Rosana, Aventurana. Clotilde, Aventurilde. Teixeira, Aventuxeira. Maurício, Aventurício. Paula, Aventuraula. Marisa: Aventurisa. Laura, Aventuraura. Lúcia, Aventurúcia. Eugênia, Aventurênia. Batista, Aventurista. Cecília, Aventurília. Mara, Aventurara.

Algumas outras e alguns outros não querem se aventurar. Não é todo mundo que é de se aventurar e, quando penso nisso, me dá vontade de correr para a biblioteca e arranhar a poltrona até deixá-la no puro osso da madeira.

Pulo do telhado para a janela do escritório e escuto os funcionários:

— Eles precisam de rotina.

— Sim, mas também precisam quebrar a rotina.

— Isso pode trazer decepção!

— Viver é se decepcionar, meu caro.

— Deixem os velhinhos à vontade!

— A gente nunca sabe no que isso vai dar...

— A gente também precisa de aventuras.

Minhas preferidas gostam de inventar que a diretora da casa não se interessa por aventuras.

Pulo da janela do escritório e corro para a janela das duas.

— A diretora não quer ser Aventurora — diz Aventurança.

— Ela faz xixi nas calças de medo — diz Aventurina.

Vou para o tapete ao sol no alpendre e adormeço, acordo e me levanto, não me canso de observar as velhas e os velhos animados com uma ou outra aventura.

Tem aventura de tudo quanto é jeito.

Tem a aventura de cantar esganiçado ou com voz de maritaca.

A aventura de comer mamão e bagaço de laranja para desenvolver o intestino.

A de fazer um convescote, não um piquenique, pois piquenique todo mundo faz, convescote é mais especioso.

A aventura de preparar um doce de ovos.

A de inventar um bordado na fronha do travesseiro.

A de ficar horas e horas na biblioteca.

A de encontrar um livro escondido no meio das pastas de um armário do escritório.

Eu sabia quem tinha escondido o livro. Aventurião é sonâmbulo, tirou o livro da biblioteca e o segredou no meio das pastas do escritório. Depois, voltou sonambulando para o quarto. Só eu vi essa aventura na madrugada em que eu mesmo não conseguia dormir e passeava pela casa.

Quem encontrou o livro foi a Aventurara, velhinha que está sempre com um livro na mão e que toda tarde lê em voz alta no pátio. Dessa vez, ela tresfoliou a história. Disse que o livro se escondera sozinho entre as pastas do armário do escritório. Disse que o livro se esconde para ser encontrado. Disse que o livro anda pelo mundo e a casa do alpendre formoso teve a sorte de receber a visita dele. Disse que o livro conta uma história de velhas e velhos perdidos numa estrada que não leva a lugar nenhum. Disse que as velhas e os velhos não se conformam, se juntam e se preparam. Um dia, têm conseguimento de abrir uma vereda que pode levá-los onde bem quiserem. Disse com todas as letras. Que o livro voa porque tem asas. Que o livro se esconde e depois reaparece. Que às vezes ele tem medo de não ser encontrado. Mas que confia no seu destino de livro. E que a prova disso é que naquela tarde todos podiam ouvir a mágica história de um livro encontrado.

Vi a aventura de um passarinho caído perto de mim, ele tremia de medo, mas vivi a aventura de deixá-lo se acalmar e dar conta de voar de novo.

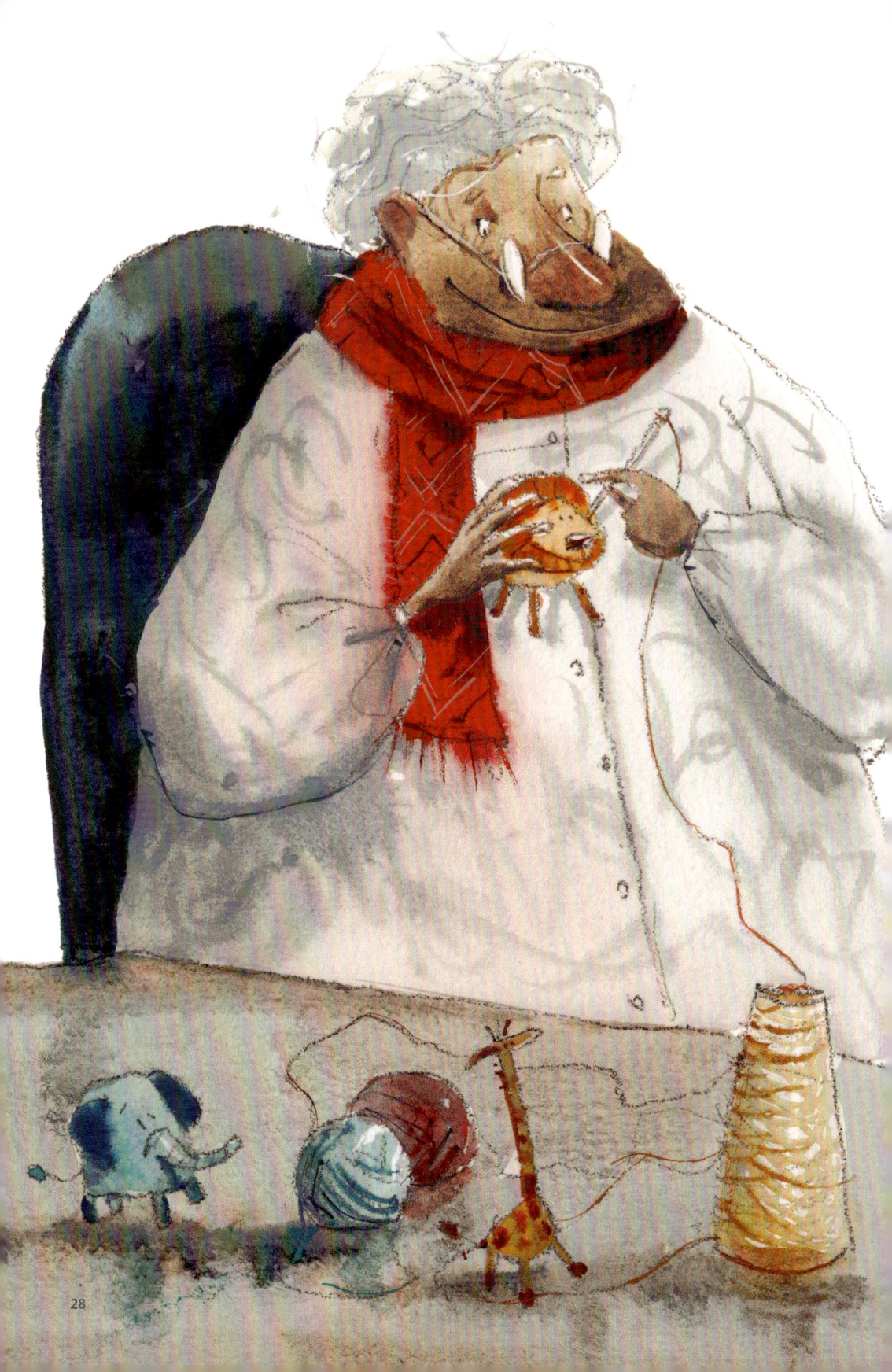

Vi a aventura da Aventurina, que mandou uma lembrancinha para o bisneto.

A aventura da Aventurança, que escreveu uma carta para o filho ingrato.

Uma carta e uma lembrancinha podem amontoar nuvens e fazer chover? Podem mergulhar nas águas de um rio para salvar duas meninas de morrerem afogadas?

A aventura de sonhar.

A de cuidar de rosas vermelhas. A casa do alpendre formoso tem rosas vermelhas por todo lado, principalmente nos canteiros que rodeiam o alpendre.

A aventura de consertar um relógio.

A aventura de remendar um paletó.

A de tomar remédio.

A de fazer jejum.

A de chamar a diretora de dona Desaventurada.

A de fingir que dorme.

A de fingir que gosta.

A de fingir que entende.

A de fingir que vai obedecer.

A de continuar brincando que a diretora é uma bruxa do cabelo vermelhão, mas sabendo muito bem que a diretora Aventurora também gosta de entrar nas aventurices.

— Boa noite, Aventurina.

— Boa noite, Aventurança.

— Se livrou da dor nas pernas?

— Sim, mas veio a dor nas costas.

— Na nossa idade é assim mesmo.

— Me deu gastura hoje, viu?

— Gastura com o quê?

— Com a cara da madame que chegou hoje! Olhou para nós duas e fez cara de coruja seca.

— Porque somos negras.

— E pobres.

— Então a madame nem olha direito para a gente, pois é.

— A madame exibidame dá vexame!

— Vai ser difícil dormir com essa dor nas costas.

— Eu hoje até que estou me sentindo muito bem.

— Sorte sua. Aproveite. Durma bem. Descanse. Porque amanhã...

— Eu posso não amanhecer. Descansar para sempre, eu sei.

Na manhã seguinte, acordo bem cedo. Antes de o sol enfiar a cara no céu escuro, já estou na janela das duas. Dali a pouco, vem a voz da Aventurança:

— Ainda não está morta, Aventurina. Vai logo tomar seu banho.

Debaixo do cobertor, a outra não se mexe. Eu levo um susto. Mas depois vem a voz da Aventurina:

— Já vou, espera aí. Hoje eu acordei preguicenta...

— Hoje é dia de visita!

— A gente não precisa ter pressa. Não é antevéspera do Natal, portanto, não receberemos visita.

— Verdade. As nossas famílias só vêm na antevéspera do Natal. São vizinhas e gostam de vir juntas.

— Hoje é o Dia das Mães.

— Estava até esquecendo, hoje é o Dia das Mães.

— Hoje é o Dia das Mães!

— Nunca nos visitaram no Dia das Mães.

Pulo na grama e vou caminhando para o tapete do alpendre.

Espero o sol me lamber um pouco.

Fico olhando as rosas vermelhas.

Fico lembrando que as duas velhas tentam alisar meu pelo — não permito, me afasto, me escondo —, dizem que sou arredio, esquivo, egoísta, desconfiado, tímido, sei lá mais o quê.

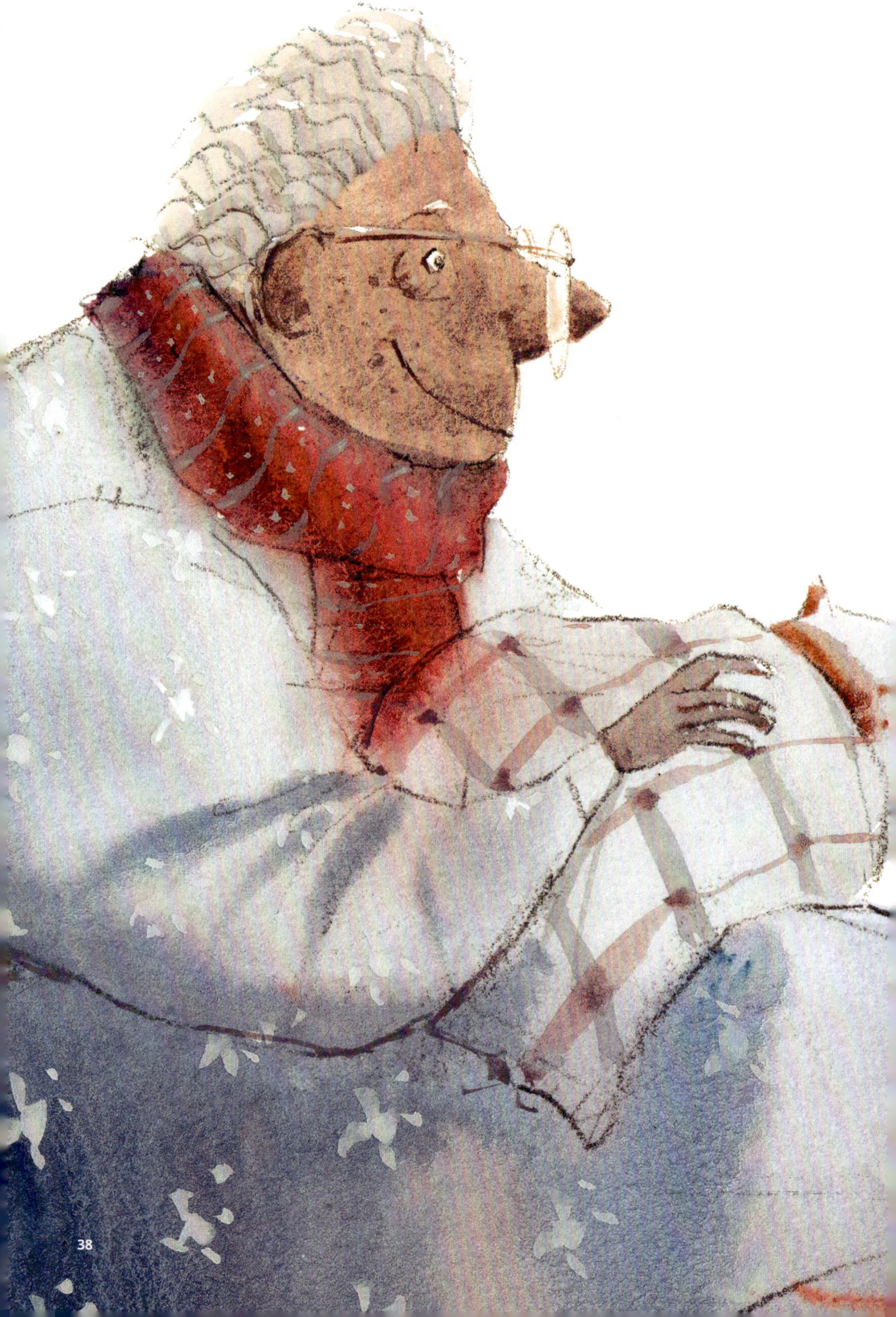

Me lembro do dia em que cheguei a esta casa. Chovia forte. Parecia que o mundo ia se acabar de tanta chuva. Aventurina e Aventurança me levaram para o quarto delas e me enrolaram num cobertor. Me lembro que elas diziam que a chuva daquele dia era um toró.

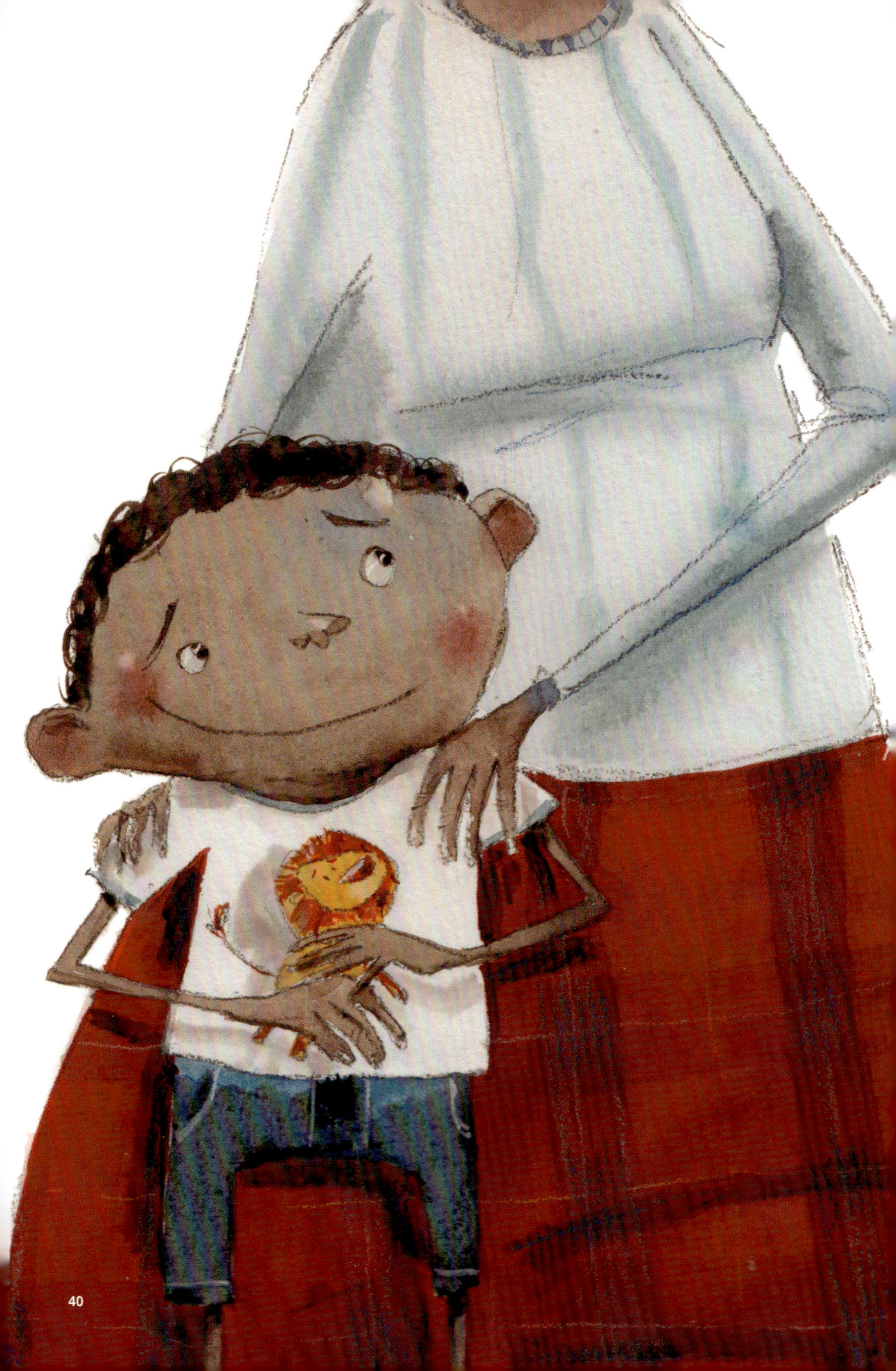

Os minutos passam.

Agora estou numa das janelas da sala de visitas.

— Primeira vez que vocês aparecem no Dia das Mães! — comenta a diretora Aventurora, cabelo vermelhão e sorrisão, diante da bisneta, do neto e do filho da Aventurança, e do bisneto, da neta e da filha da Aventurina. — Que maravilha! Elas vão ter uma ótima surpresa. Não imaginam que vocês estão aqui... Vai ser a maior aventura desses dias!

— Por causa de uma lembrancinha — diz o bisneto da Aventurina.

— Coisinha simples, mas cutucou a gente e fez cócegas. Na verdade, puxou a orelha da gente — diz a filha da Aventurina.

— Por causa de uma carta — diz o filho da Aventurança. — Poucas palavras, mas que tiveram força de pegar, puxar e trazer a gente para cá.

— Uma aventurarta e uma aventurancinha! — Continua sorrindo a diretora Aventurora.

42

Ainda no quarto, lesmando, as duas velhas imaginam que vão cumprimentar os parentes das velhas e dos velhos de mais sorte.

Vão presenciar a alegria deles.

Vão sentir pequena alegria com a alegria deles.

Vão sentir imensa inveja.

Aventurina, de saia preta com bolinhas brancas e blusa branca de bolinhas pretas.

Aventurança, de vestido florido.

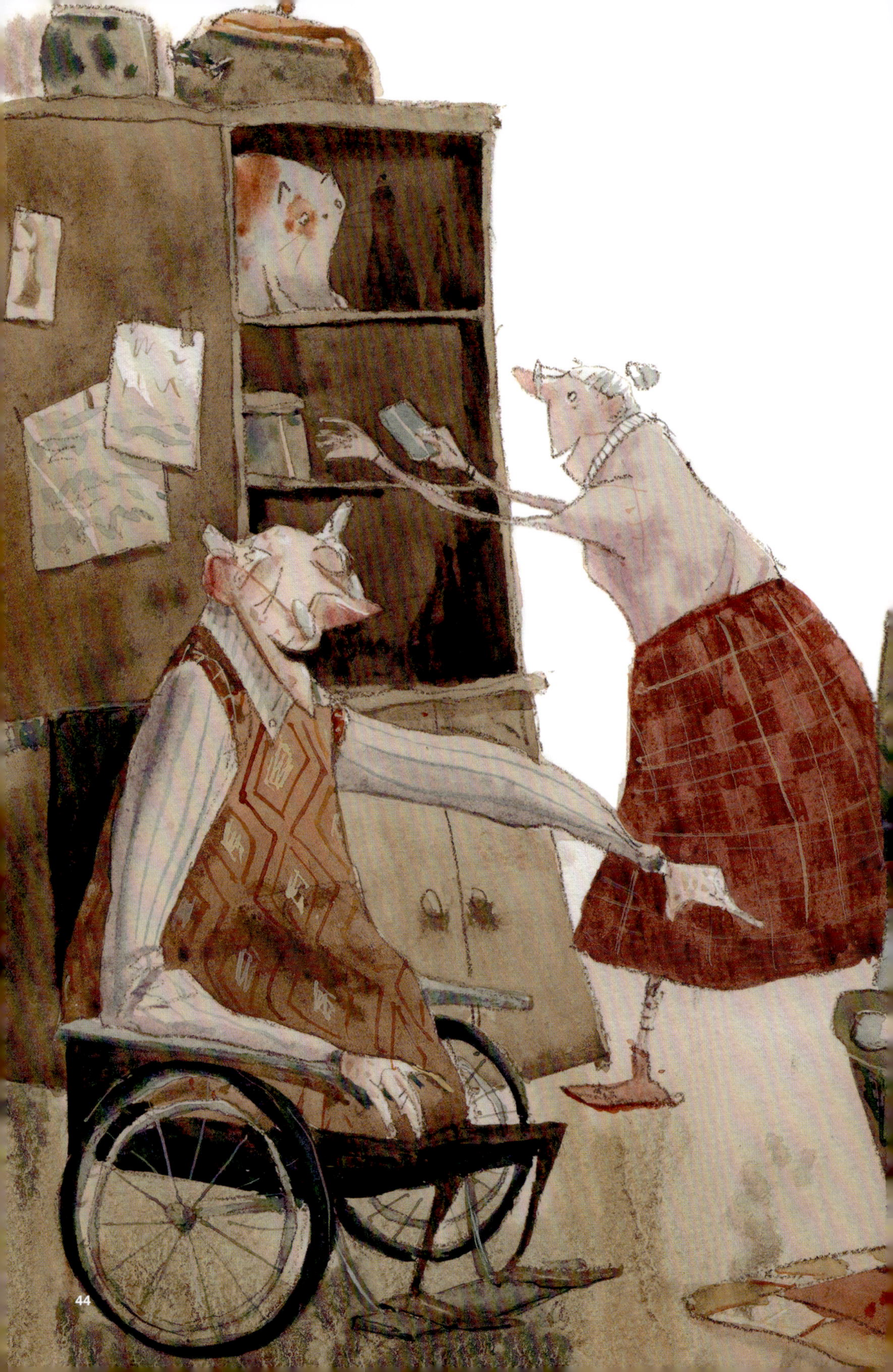

Pulo no ladrilho antigo da sala de visitas. Algumas pessoas me olham com sorrisos e outras tentam me tocar. Fujo depressa e salto quase voando para a prateleira mais alta do pequeno armário e começo a imaginar a cara de surpresa da Marina Aventurina e da Constança Aventurança.

Que botões de palavras se soltarão das casas de um vestido florido e de uma saia e uma blusa combinantes? Que silêncios continuarão pendurados num varal de abandono e saudade?

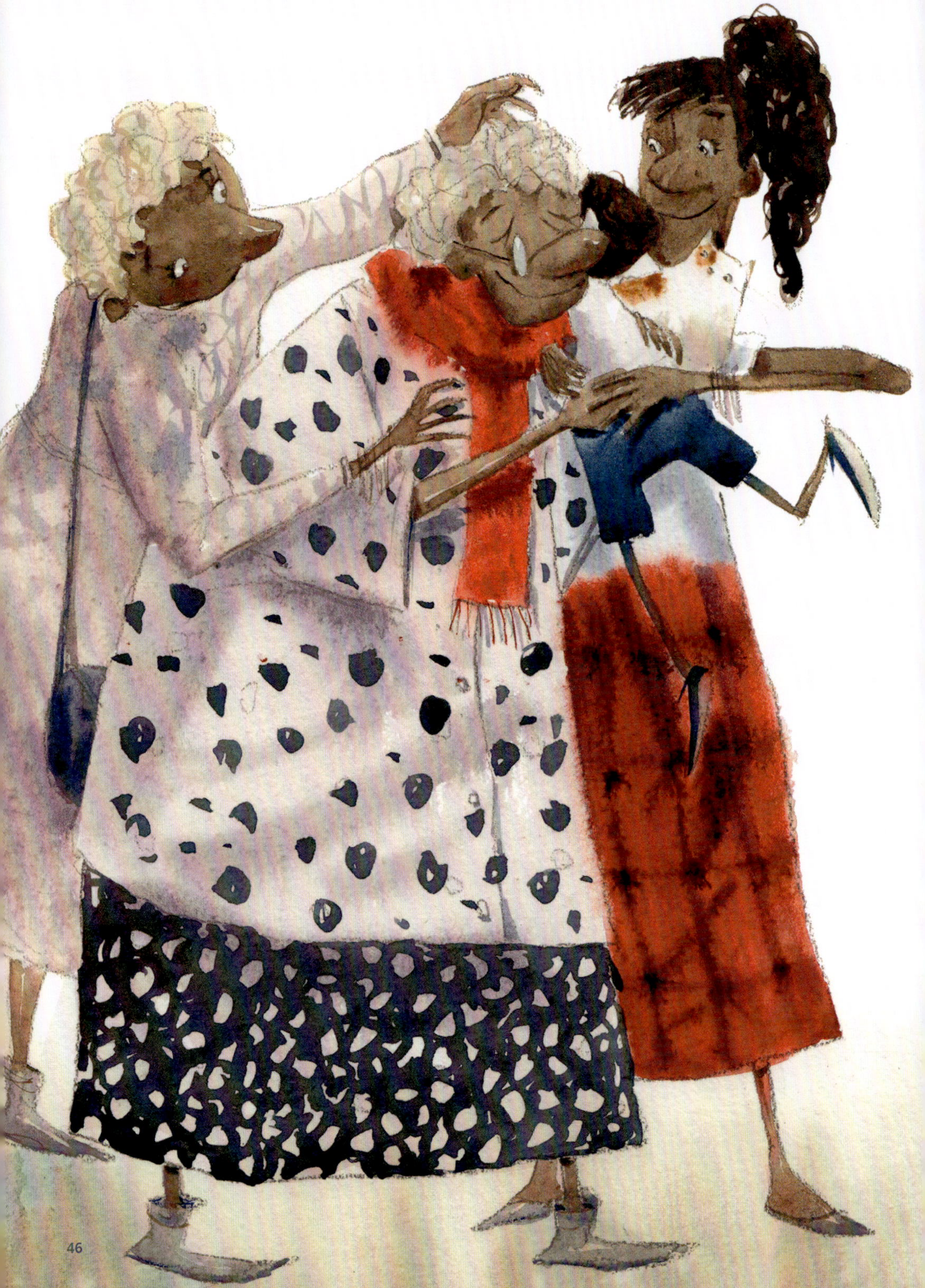

Na parede, o ponteiro do relógio marca minutos e mais minutos.

Quando minhas preferidas chegam à sala de visitas, salto para pertinho delas, me assusto com a minha atitude, não fujo, permito que Aventurança me ponha em seus braços e que Aventurina me faça um carinho.

Em poucos instantes, elas e eu somos envolvidos por abraços de bisneta e bisneto, neta e neto, filha e filho. Quem imaginaria uma aventura dessa?

48

Talvez os abraços anunciem novas aventuras e Aventurina e Aventurança sejam levadas cada uma de volta para a sua família.

Talvez a visita e os abraços sejam a única aventura possível. Eu lá entendo as pessoas?

Mara Aventurara, a velhinha que encontrou o livro escondido, costuma dizer que gente é bicho difícil de ser compreendido.

Fujo dos abraços e saio correndo.

— Toró! Toró!

Escuto minhas preferidas gritarem meu nome e continuo correndo até chegar à parte mais bonita da casa.

Melhor coisa das sete vidas é arranhar a poltrona da biblioteca.

Este livro foi composto com as tipografias
Cafeteria e Alegreya e impresso
em papel couché fosco, 170g, em 2022.